AF602738

VENTE
Du Samedi 16 Novembre 1895
HOTEL DROUOT, SALLE N° 8

ESTAMPES

Anciennes et Modernes

DE

L'École Française et de l'École Anglaise
Du XVIIIe siècle

LITHOGRAPHIES, EAUX-FORTES
GRAVURES EN LOTS

DESSINS

Mᵉ MAURICE DELESTRE
Commissaire-Priseur
27, rue Drouot, 27

M. P. ROBLIN
Marchand d'Estampes
65, rue Saint-Lazare, 65

PARIS — 1895

Imp. PAIRAULT et Cie 3, passage Nollet. PARIS.

CATALOGUE

D'ESTAMPES

Anciennes et Modernes

DE

L'École Française et de l'École Anglaise

Du XVIIIe siècle

LITHOGRAPHIES, EAUX-FORTES

CARICATURES, GRAVURES EN LOTS

DESSINS

DONT LA VENTE AUX ENCHÈRES PUBLIQUES AURA LIEU

HOTEL DES COMMISSAIRES-PRISEURS

9, Rue Drouot. — Salle n° 8

Le Samedi 16 Novembre 1895

à 2 heures précises

Par le ministère de Me **Maurice DELESTRE,** Commissaire-Priseur

27, Rue Drouot, 27

Assisté de **M. P. ROBLIN,** Marchand d'Estampes,

65, Rue Saint-Lazare, 65

PARIS 1895

CONDITIONS DE LA VENTE

Elle sera faite expressément au comptant.

Les Acquéreurs paieront *cinq pour cent* en sus du prix d'adjudication.

M. P. ROBLIN se réserve la faculté de rassembler ou de diviser les lots, et se charge de remplir les Commissions des personnes qui ne pourraient assister à la Vente.

L'ordre du Catalogue sera suivi.

DÉSIGNATION

ESTAMPES

ALIX (P.-M.)

1 — *Bailly*, (Jean-Silvain) d'après Garneray, in-4 en couleur.
Très belle épreuve, grandes marges.

2 — *Charlotte Corday*, ovale in-4 en couleur.
Belle épreuve, petites marges.

3 — *Condillac*, d'après Baldrighi, in-4 en couleur.
Epreuve à grandes marges.

AMÉRIQUE (Pièces sur l')

4 — Surprise de saint Eustache, gravé par Ponce, d'après Marillier.
Belle épreuve, marges.

AUBERTIN (P.)

5 — L'Hiver, d'après César Van Loo, 1804.
Belle épreuve en couleur, petites marges.

AUDRAN (J.), **DUVIVIER, MASSÉ**

6 — *Secousse* (Fr.-R.), d'après H. Rigaud. — *Coypel* (Ant.), d'après lui-même. — *Gouges* (P. des), d'après Tournières, trois portraits.
Belles épreuves.

AVRIL (J.-J.)

7 — Offrande à l'Amour.
Epreuve avec marges.

8 — La peleuse de pommes, d'après Metzu.
Epreuve avant la lettre, marges.

BACHELIER (D'après)

9 — Les chiens de Madame de Pompadour.
Belle épreuve, marges.

BALECHOU (J.)

10 — L'Enfance, d'après Dandré-Bardon.
Belle épreuve, marges.

BARTOLOZZI (Fr.)

11 — Nymph bathing, d'après Cipriani.
Belle épreuve.

12 — Portrait d'homme, ovale in-8 en bistre.
Très belle épreuve, avant toute lettre, grandes marges.

BARTOLOZZI (D'après Fr.)

13 — Cupid refusing Love to desire, par Bonnefoy et Legrand.
Belle épreuve, marges.

BARTSCH (A.)

14 — Saint Philippe baptisant l'Eunuque de la Reine de Candace, d'après Dietricy.
Epreuve avec marges.

BASAN

15 — La Collation hollandaise, d'après J. Steen.
Belle épreuve.

BASSET (A Paris, chez)

16 — Je réunis le passé, le présent et l'avenir. — Objets de l'amour et des regrets des bons Français. — Apothéose du duc de Bordeaux, trois pièces,
Belles épreuves, à toutes marges.

BASSET, COPIA, BLANCHARD

17 — *De Riquetti de Mirabeau.* — *Marat.* Quatre portraits in-8.
Belles épreuves, marges, une est imprimée en bistre.

BAUDOUIN (P.-A.)

18 — Le Curieux, par P. Maleuvre.
Belle épreuve, petites marges.

BOILLY (D'après L.)

19 — Le Cadeau délicat, par Bonnefoy.
Belle épreuve, avant la lettre, petites marges.

20 — Les Conseils maternels, par S. Tresca.
Belle épreuve, avec marges.

BONNET (L.)

21 — Une Bacchante.
Belle épreuve, en couleur, avant la lettre.

22 — Bastienne, d'après Huet. — Tête de femme, d'après Fr. Casset; deux pièces à la sanguine.
Epreuves à grandes marges.

23 — Histoire de Jeannot; suite de douze pièces.
Belles épreuves.

24 — Six planches doubles.
Belles épreuves coloriées.

25 — La laveuse, d'après F. Boucher.
Belle épreuve à la sanguine, grandes marges.

26 — Le Petit marché. — Tête de jeune femme; deux pièces à la sanguine, d'après Clermont et Le Clerc.
Belles épreuves, grandes marges.

27 — Études de différents caractères. — Études de chevaux; douze pièces à la sanguine.
Epreuves à toutes marges.

BONNET (A Paris, chez)

8 — Le Repos de Cérès, ovale en couleur.
Belle épreuve, marges.

BORREL (M.)

29 — Le Traineau, d'après Fr. Boucher, 1883.
Epreuve avant la lettre, sur papier du Japon.

BOUCHER (D'après Fr.)

30 — Les Amours folâtres, par Aveline.
Très belle épreuve, grandes marges.

31 — Les Amours en gayeté, par J. Daullé.
Très belle épreuve, grandes marges.

32 — L'Amour sur les eaux. — Les différents Génies de la Sculpture; deux pièces, par C. Le Vasseur.
Très belles épreuves, grandes marges.

33 — La Baigneuse surprise, par J. Daullé.
Très belle épreuve, à grandes marges.

34 — Le Calendrier des Vieillards, par de Larmessin.
Belle épreuve avant l'adresse de Buldet, marges.

35 — Les Charmes du Printemps. — Les Plaisirs de l'Été. — Les Délices de l'Automne. — Les Amusements de l'Hiver; suite de quatre pièces, gravées par J. Daullé.
Très belles épreuves à grandes marges (une pièce est plus courte).

36 — Les Charmes de la Vie champêtre, par J. Daullé.
Très belle épreuve à grandes marges.

37 — Les Douceurs de l'Été, par Moitte.
Belle épreuve, petites marges.

38 — Les Éléments, représentés par des Amours; suite de quatre pièces, gravées par J. Daullé.
Belles épreuves, marges.

39 — Naissance et Triomphe de Vénus, par J. Daullé.
Très belle épreuve, grandes marges.

40 — « Ne cessons de craindre une belle...... », par M. Aubert.
Très belle épreuve, petites marges.

41 — Paysages d'après nature; trois pièces, par Chedel.
Épreuves avec marges.

BOUCHER (D'après Fr.)

42 — Le petit souffleur de bouteilles de savon, par J. Daullé.
Très belle épreuve à toute marge.

43 — Première veue de Charenton. — Seconde veue des environs de Charenton; deux pièces, par J. Ph. Le Bas.
Belles épreuves, marges.

44 — *Quos Ego*, frontispice, in-folio, par Tilliard.
Belle épreuve, marges.

45 — Trente-cinq eaux-fortes in-18, pour illustrer les *Œuvres de Molière*. Édition Lemerre, 1874.

BOUCHER (Fr.) et **JEAURAT** (D'après)

46 — La Muse Clio. — La Muse Érato. — La Muse Uranie; suite de trois pièces, par J. Daullé.
Très belles épreuves à toutes marges.

BOYDELL (Jos.)

47 — *King Charles the first*, d'après Van Dyck, in-folio, à la manière noire.
Très belle épreuve, grandes marges.

48 — *Jane*, Daughter of Lord Wenman, d'après Van Dyck, in-folio, à la manière noire.
Très belle épreuve, grandes marges.

BURNEY (Fr.-E.)

49 — Le Premier baiser de l'Amour, d'après Prudhon.
Très belle épreuve avant toute lettre sur papier de Chine, signée par l'artiste.

50 — *Edmond Adam* (Mme). — *Léon Cornudet*. — *Paradis* (Le D^{r}). — *Dubar* (Mgr). — *Innocent X*; cinq portraits in-8 et in-4.
Epreuves d'artistes avant la lettre.

CARICATURES

51 -- Le Baquet de Mesmer. — Allégories sur la Révolution Française. Portraits charge sur Cambacérès, etc.; sept pièces coloriées.

CARICATURES

52 — Costumes militaires. — Les Merveilleuses. — Caricatures et costumes; quatorze pièces.
Epreuves en noir et coloriées.

53 — Les Amazones de la Seine (1870).
Epreuve coloriée.

CAZENAVE

54 — Le réveil de Vénus et l'Amour. — Jupiter et Danaé. — Vénus l'Amour endormi; trois pièces.
Belles épreuves en couleur, marges

CHALONS

55 — Entreprise des Parisiennes, service de Paris à Versailles; lithographie.

CHAMPOLLION

56 — Le Printemps. — L'Été; deux pièces, d'après Fr. Boucher.
Belles épreuves sur papier de Chine.

CHAPONNIER (A.)

57 — La lettre désirée, d'après Fournier.
Belle épreuve, marges.

CHAPUY (J.-B.)

58 — Vue perspective du Champ-de-Mars, jour du serment civique prononcé par la nation française, assemblée à Paris, le 14 juillet 1790; d'après Le Roy.
Très belle épreuve en couleur, grandes marges.

CHARDIN (d'après J.-B.-S.)

59 — Les Tours de cartes, par Surugues.
Belle épreuve, marges.

60 — La même estampe, avec quatre portées de musique ajoutées au bas de la gravure.
Très belle éprenve, marges, rare.

CHODOWIECKY (d'après D.)

61 — Les adieux de Calas.
Epreuve à toutes marges.

COCHIN (d'après C.-N.)

62 — Offrande nationale à Mgr le Dauphin, né le 22 octobre 1781, par J. Tardieu.

Belle épreuve, grandes marges.

COLLAERT

63 — Figures d'animaux; douze pièces.

Belles épreuves.

COQUERET

64 — Les Ennuyés chez eux « Intérieur du café Procope », d'après C. Vernet.

Epreuve à toutes marges.

65 — Triomphes d'amours, d'après Raphael; quatre pièces en couleur.

Très belles épreuves, petites marges.

COURTRY

66 — Le Bon Pasteur. — Intérieur marocain; deux pièces.

Epreuves d'artiste à toutes marges.

DARCIS

67 — L'Inconvénient des perruques, d'après C. Vernet.

Très belle épreuve en couleur à toutes marges.

DAULLÉ (J.)

68 — *Marie Josephe*, reine de Pologne; in-folio, d'après L. de Silvestre.

Très belle epreuve, grandes marges.

69 — Caïn et Abel, d'après Dietricy.

Belle épreuve, marges.

70 — Le Chirurgien Flamand. — Le Repas Flamand; deux pièces faisant pendants, d'après Teniers.

Belles épreuves, grandes marges.

71 — Climène essaïant les flèches de l'Amour; d'après Nonnotte.

Belle épreuve, marges.

72 — Le Joueur de Cornemuse.—Le Joueur de Vielle, deux pièces faisant pendants; d'après Dumont le Romain.

Belles épreuves, marges.

DAULLÉ (J.)

73 — La Peleuse de pommes. — La Riboteuse hollandaise ; deux pièces faisant pendants, d'après Metzu.
Belles épreuves à toutes marges.

DEBUCOURT (P.-L.)

74 — Anglais en habit habillé ; d'après C. Vernet.
Belle épreuve en couleur à toutes marges.

75 — Costumes Polonais ; quatorze pièces en couleur, d'après Norblin.
Epreuves à toutes marges.

76 — *Louis XVIII*. — La Séparation pendant une nuit d'hiver. — Le Coup de vent. — Vue prise dans les environs d'Ecouen. — Le Manège en hiver ; cinq pièces.

DE FRAINE (d'après)

77 — L'acte d'Humanité, par R. de Launay.
Belle épreuve, marges.

DE GOUY

78 — Le Prélude de Nina, petit médaillon d'après L. Boilly.
Très belle épreuve, marges.

DELACROIX (Eug.)

79 — Faust ; seize lithographies in-folio.
Epreuves sur blanc et sur papier de Chine ; plusieurs sont avant la lettre.

DEMARTEAU

80 — Repos de Diane au retour de la chasse ; d'après Fr. Boucher.
Très belle épreuve à la sanguine, marges.

DENON (Vivant)

81 — *Rosenberg* (La comtesse de), in-8°.
Très belle épreuve.

DESCAMPS (d'après J.-B.)

82 — Le Négociant ; par J.-Ph. Le Bas.
Belle épreuves à grandes marges.

DESCOURTIS

83 — Histoire de Paul et Virginie; quatre pièces d'après Schall.
Belles épreuves en couleur, grandes marges.

DESHAYES (d'après)

84 — La fidélité surveillante; par Hémery.
Très belle épreuve avant la lettre, marges.

DEVERIA, BOUQUET, BOUGÉ

85 — *Paganini.* — *Le fils de Paganini.* — *J.-M. Cambon.* — *A. de Gisors*; quatre portraits lithographiés.
Belles épreuves à toutes marges.

DIVERS

86 — Armes, titres de livres et de recueils, diplôme israélite, etc.; sept pièces.

87 — Assignats, Bons de banque, Promesse de mandat territorial, Actions de caisse, etc., etc.; environ deux cents pièces.
Plusieurs sont en nombre.

88 — Ex-Libris, Frontispices; par Le Blond, L. Gautier, et autres; onze pièces anciennes.

89 — Eaux-fortes modernes, par Régamey, A. Point, Bastien Lepage, de Los Rios, etc.; sept pièces.
Epreuves d'artistes.

89 *bis* — Estampes anciennes et modernes, par ou d'après Lavreince, Descourtis, Vollon, Le Barbier, Boissieu, C. Jacques et autres; dix-neuf pièces en noir et en couleur.

90 — Estampes gravées d'après les chefs-d'œuvre du *Musée du Louvre*; vingt pièces.
Epreuves sur papier de Chine.

91 — Estampes ou Lithographies, par ou d'après E. Lami, Boilly, Deveria, Jazet et autres; six pièces.

DIVERS

92 — Lithographies, par ou d'après Géricault, Léop. Robert, Bellangé, C. Vernet, etc. ; dix-neuf pièces.

93 — Lithographies, par ou d'après Dubufe, Raffet et autres; vingt-deux pièces.

94 — Lithographies d'après Deveria, Gavarni, Granville, C. Vernet et autres ; quinze pièces.

Epreuves en noir et coloriées.

95 — Monuments de la France ; cinquante-cinq lithographies in-folio, 1833.

Epreuves sur blanc et sur papier de Chine, à toutes marges.

96 — Raccolta di tutte le Vedute che esistevano nel Gabinetto del Duca della Torre rappresentanti l'Eruzione del monte Vesuvio.

Recueil de vingt-cinq planches gravées.

97 — Vignettes tirées de Keapseake; cinquante-huit pièces.

Belles épreuves, la plupart sont avant la lettre sur papier de Chine.

98 — Vues de Paris, Tauromachie, Vignettes, Portraits, etc.; vingt-quatre pièces.

Plusieurs sont coloriées, et avant la lettrre.

99 — Vues de Paris, Marines, sujets divers, feuilles d'ornements, etc. ; vingt-cinq pièces.

100 — *Levater.* — *Frédéric de Saxe.* — *Félicité Stubenberg.* — *Godefroy Wagner*; quatre portraits.

Belles epreuves.

101 — Portraits de Louis-Philippe et de ses enfants; dix pièces.

Belles épreuves.

102 — Sous ce numéro il sera vendu par lots environ deux mille gravures anciennes et modernes : vues, paysages, portraits, vignettes, études, par Demarteau, etc.

DREVET (P.)

103 — *Lecouvreur,* (Adrienne) d'après Ch. Coypel.
Très belle épreuve, grandes marges.

104 — *Rigaud.* (Hy) — *Beauveau* (R. Fr. de); deux portraits, d'après H. Rigaud.
Belles épreuves.

DUNKARTON (Rob.)

105 — *Wharton* (Lady Philadelphia); d'après Van Dyck, à la manière noire.
Très belle épreuve, marges.

DUPONT (F.)

106 — Eaux-fortes pour illustrer *Xavier de Maistre.* Édition Lemerre, 1878 ; huit pièces.

DUSART (Corn.)

107 — Le Barbier. — Le Pédicure. — Le Savetier ; trois pièces.
Belles épreuves.

DYCK (d'après A. Van)

108 — *Chaworts,* (Patricius lord Vicount) par P. Van Gunst.
Belle épreuve, petites marges.

EARLOM (Rich.)

109 — Bacchanalians, d'après Rubens, in-folio à la manière noire.
Très belle épreuve, grandes marges.

110 — Orpheus. — The exposition of Cyrus; deux pièces faisant pendants, gravées à la manière noire, d'après Castiglione.
Belles épreuves, grandes marges.

111 — A Sleeping of Bacchus. — The Judgement of Paris ; deux pièces faisant pendants, d'après Giordano, in-folio à la manière noire.
Belles épreuves, grandes marges.

ÉCOLE ANGLAISE

112 — The Benevolent Lady. — The Happy meeting ; deux pièces, par Morris et Bartolozzi.
Belles épreuves, petites marges.

ÉCOLE FRANÇAISE

113 — Constancy. — Variety; deux pièces faisant pendants, par Bartoloti, d'après Morland.
Très belles épreuves en couleur, marges.

114 — Geneviève de Brabant, ovale imprimé en bistre.
Très belle épreuve avant toutes lettres, marges.

115 — The Moralist, gravé par W. Nutter, d'après J. R. Smith.
Belle épreuve, marges.

116 — The Peasant of Walheim. — A View of Walheim with the School-master daughter and his Children; deux médaillons, d'après Miller.
Belles épreuves.

ESTAMPES JAPONAISES

117 — Cinquante pièces coloriées.

118 — Cinquante estampes coloriées anciennes.

119 — Cinquante estampes coloriées anciennes.

120 — Douze estampes coloriées anciennes.
Belles épreuves rares.

121 — Deux albums coloriés.

FABER (J.)

122 — *Mrs Cibber*, d'après F. Hudson, 1746, à la manière noire.
Belle épreuve, marges.

FEYEN-PERRIN

123 — Eaux-fortes ; onze pièces.
Belles épreuves, la plupart sont avant la lettre.

FLAMENG

124 — La leçon d'anatomie, d'après Rembrandt.
Belle épreuve sur papier de Chine. On y a joint la réduction gravée par Coppier. Ensemble deux pièces.

FRAGONARD (d'après H.)

125 — Le Contrat, par Blot.
Belle épreuve, marges.

FRENDENBERG (d'après S.)

126 — La complaisance maternelle, par N. Delaunay.
Epreuve avec l'adresse de Marel.

GAJANI (A.)

127 — Cupido, d'après A. Carrache, 1806.
Belle épreuve, marges.

GAUJEAN

128 — La maréchale du Luxembourg. — La petite fille du jardinier ; deux pièces.
Belles épreuves, une est signée par l'artiste.

GAUTIER (L. M.)

129 — Abraham et les Anges, d'après Rembrandt.
Belle épreuve avant la lettre, marges.

GÉRARD (d'après Mlle)

130 — Les regrets mérités, par Vidal.
Belle épreuve, marges.

GIGOUX, L. NOËL

131 — Portraits d'acteurs, d'actrices, d'écrivains, peintres, dessinateurs, etc. ; vingt-deux lithographies in-4.
Belles épreuves sur papier de Chine, à toutes marges.

GRANVILLE (J.-J.)

132 — Les métamorphoses du jour. Recueil de soixante-dix pièces coloriées.
Epreuves avec marges.

133 — Les métamorphoses du jour ; vingt-sept pièces.
Epreuves en noir et coloriées.

GREEN (Val.)

134 — *Danby.* (Henry Danvers Earl of) — *Wharton* (Sr Thomas) ; deux portraits en pied, d'après Van Dyck, à la manière noire.
Très belles épreuves, grandes marges.

135 — The adoration of the Shepherds, d'après Murillo, à la manière noire.
Belle épreuve, grandes marges.

GREEN (Val.)

136 — The Gamesters, d'après Teniers, à la manière noire.
Belle épreuve, marges.

GREUX (G.) et **FLAMENG** (L.)

137 — Milton dictant le Paradis perdu à ses filles, d'après Munkacsy. — Tête d'homme, d'après Rembrandt ; deux pièces.
Epreuves d'artistes.

GREUZE (d'après J.-B.)

138 — L'écolier à l'étude, par P. Beljambe.
Belle épreuve, marges.

139 — Le silence, par L. Cars et Donat.
Belle épreuve, marges.

GUNST (P. V.)

140 — *Charles the first,* King of Great Britain. — *Henrietta Maria,* Queen of Great Britain. — *Wharton* (Philadelphia and Elisabeth) ; trois portraits in-folio, d'après Van Dyck.
Belles épreuves, grandes marges.

HAGBORG

141 — Lithographies ; trois pièces.
Belles épreuves d'artiste, avant toutes lettres.

HÉDOUIN (Ed.)

143 — Diane sortant du bain, d'après Fr. Boucher.
Belle épreuve, à toute marge.

HÉLIOGRAVURES

143 — D'après Schongauer, Claude Gelée, Van Dyck, Lucas de Leyde, Marc-Antoine, etc. ; quatorze pièces publiées par Amand-Durand.

JANINET

144 — L'aimable paysanne, d'après Saint-Quentin.
Très belle épreuve en couleur, marges.

JAZET

145 — La demande en mariage. — Célébration du mariage ; deux pièces, par Le Comte.
Epreuves avec marges.

JAZET

146 — Paris, 1814 et pendant ; deux pièces à la manière noire, d'après Cogniet.

Epreuves doublées.

JEAURAT (d'après Et.)

147 — La Coeffeuse, par Sornique. — L'Économe. par Aubert. — L'Éplucheuse de salade, par Beauvarlet ; trois pièces.

Belles épreuves, marges.

148 — L'Asne portant des reliques. — L'Huitre et les Plaideurs. — L'amour et la Folie. — L'Enfant et le Maître d'École ; suite de quatre pièces.

Belles épreuves petites marges.

KLAUBER

149 — Ankunst des Königs beym Stadthause, den 17 jul. 1789. — Ereigniss zu Vincennes, der 28 fev. 1791 ; deux pièces.

Epreuves avec marges.

KOBÈN (Van)

150 — Le feu.

Epreuve avec marges.

LAVREINCE (d'après N.)

151 — Le Mercure de France, par Guttemberg.

Belle épreuve, petites marges.

LE BARBIER (d'après)

152 — La Prudence en défaut, par Patas.

Belle épreuve, marges.

LE CLERC (d'après P.)

153 — Trois vignettes in-4 pour les quatre heures de la toilette des Dames.

Epreuves avant la lettre

LE GRAND (Aug.)

154 — Le Bon jour. — La Prière, deux pièces faisant pendants, d'après J. Couyers.

Epreuves avec marges.

155 — Le Marchand d'opiat, d'après Gérard Dow, en couleur.

Belle épreuve, marges.

LEIDESDORF (Wien bei)

156 — Portraits de femmes ; douze lithographies in-folio.
Epreuves en couleur, à toutes marges.

157 — Doubles des précédents ; neuf pièces.
Epreuves en noir, à toutes marges.

LE MESLE (d'après)

158 — Le Cuvier, par Fillœul.
Belle épreuve, à toutes marges.

LEMPEREUR (L.)

159 — *Marguerite Le Comte*, in-4, d'après Watelet.
Belle épreuve, marges.

LE PRINCE (d'après)

160 — Jeune femme en costume oriental, sanguine, par Bonnet.
Belle épreuve, grandes marges.

LE TELLIER (C. F.)

161 — La Curieuse, d'après F. Imbert.
Belle épreuve, marges.

LITTRET

162 — *Malesherbes*, médaillon à la partie supérieure d'une composition allégorique, in-4, d'après Monnet.
Eau-forte pure, très rare.

MARTIAL (J.)

163 — Les Cancalaises, d'après Feyen-Perrin.
Belle épreuve d'artiste sur papier du Japon.

MEISSONIER (d'après)

164 — Le Porte-Drapeau, eau-forte, par Kratké.
Epreuve d'artiste sur papier du Japon.

165 — Sur le rempart, eau-forte, par Friend.
Epreuve avant la lettre sur papier du Japon.

MILLET (d'après T. F.)

166 — La Fileuse, eau-forte, par Kratké.
Belle épreuve avant la lettre sur papier du Japon.

MONNET (d'après Ch.)

167 — Offrande à Vénus. — L'Agréable moment ; deux pièces faisant pendants, par Dambrun.

Belles épreuves, grandes marges.

MONNIER (Henry)

168 — Les Recréations.— Vignettes in-8 pour les chansons de Béranger ; vingt et une pièces.

Epreuves coloriées.

MOREAU

169 — L'Amant surpris.

Epreuve en couleur, marges.

MOREAU LE JEUNE (d'après J.-M.)

170 — Debout dans la campagne, un jeune homme en tenue du matin, la main droite passée dans son gilet, semble réfléchir, in-4, par Godefroy.

Epreuve à l'eau-forte pure, pièce non citée, rare.

171 — Vignettes in-4 pour les œuvres de J.-J. Rousseau, 1774.

Belles épreuves, la plupart avec grandes marges.

MURPHY (J.)

172 — *Marie-Antoinette*, reine de France, à mi-jambes, assise dans sa prison, près d'une table où se voient le buste de Louis XVI et son testament. Elle est en toilette de veuve et porte le portrait du Dauphin, en médaillon suspendu à sa poitrine, gravé à la manière noire, d'après la marquise de Bréhan, in-folio.

Superbe et très rare épreuve avant la lettre, grandes marges.

173 — Abraham's sacrifice, d'après Rembrandt, in-folio à la manière noire.

Belle épreuve, grandes marges.

174 — Christ appearing to Mary in the garden, d'après P. de Cortone, in-folio à la manière noire.

Belle épreuve, marges.

175 — The Cyclops ad their forge, d'après L. Giordino, à la manière noire.

Belle épreuve, marges.

MURPHY (J.)

176 — Titian's son and Nurse, d'après Le Titien, à la manière noire.

Belle épreuve, grandes marges.

NAPOLÉON (Pièces sur)

177 — Portrait de Napoléon Ier en pied et vues de l'île de Sainte-Hélène ; six pièces.

Epreuves avant la lettre, à toutes marges.

178 — *Napoleon Ier*, d'après un dessin de Girodet Trioson.

Belle épreuve, à toutes marges.

179 — Rue Nicaise, 3 nivôse an IX de la République française, gravure au lavis sans nom d artiste.

Très belle épreuve, à toutes marges.

NÉE et MASQUELIER

180 — Le déjeuné de Ferney, d'après Denon.

Belle épreuve, à toutes marges.

NÉE, MASQUELIER et SAYER

181 — Le Déjeuné de Ferney. — Le Lever du Philosophe de Ferney; deux pièces.

Belles épreuves, petites marges.

NILSSON (J.)

182 — *Louis XV*. — *Marie-Élisabeth de Bourbon*; deux portraits.

Epreuves a toutes marges.

NOGUÈS (J.)

183 — Louis Philippe, ses fils et le général Lafayette passant une revue de la garde nationale au Champ-de-Mars, en 1831 ; lithographie.

Belle épreuve avant la lettre, grandes marges.

ORNEMENTS

184 — Douze feuilles, par Berain, Delafosse, Mariette, Moreau et autres.

OSTADE (D'après Van)

185 — Le Jeu de courte-boule, par Benazeck. — The Merry companions, par Liart; deux pièces.

Belles épreuves.

PASQUIER (A Paris, chez)

186 — Vue de deux monuments antiques, près de Saint-Remy, eu Provence, d'après C. Lamy.
Belle épreuve, grandes marges.

PIERRE (D'après J.-B.-M.)

187 — Les Serments du berger, par L. Lempereur.
Très belle épreuve, marges.

188 — Marché aux légumes, par Pelletier.
Belle épreuve, grandes marges.

PIGUET (R.)

189 — La Parisienne, 1885.
Epreuve d'artiste.

PINELLI

190 — Histoire de Rome; suite de huit pièces, 1817.
Epreuves à toutes marges.

POIRSON

191 — Suite d'un portrait de Th. Gautier, gravé par Burney, et dix figures in-8 gravées à l'eau-forte d'après Taluet, 1881, pour Mlle de Maupin.
Epreuves avant la lettre sur papier de Chine.

POTERLET (H.)

192 — Le Nouveau-né, d'après Bouguereau, 1873.
Belle épreuve de graveur sur papier du Japon, signée par l'artiste.

PRUDHON (D'après P. P.)

193 — Le Zéphir, par Laugier.
Très belle épreuve avant la lettre, grandes marges.

QUEVERDO (D'après)

194 — Les Amours du Bocage, par Dambrun.
Très belle épreuve, marges.

RAFFET

195 — Jemmapes, eau-forte, in-8.
Belle épreuve avant la lettre sur papier de Chine, toutes marges.

196 — Le Réveil.
Belle épreuve sur papier de Chine, grandes marges.

RAFFET

197 — La Revue nocturne.

Belle épreuve sur papier de Chine, grandes marges.

RÉVOLUTION (Pièces sur la)

198 — Assassinat de J.-P. Marat, d'après Brion, petit in-folio.

Belle épreuve, grandes marges.

199 — La Séparation de Louis XVI de sa famille, gravé par Ant. Cardon, d'après Benazech.

Très belle épreuve, grandes marges.

RUGENDAS (Ch.)

200 — Scènes de Batailles; suite de quatre pièces, d'après G.-P. Rugendas, 1698.

Epreuves à toutes marges.

SAILLIAR (L.)

201 — *Héléna Forman*; d'après Van Dyck, in-folio.

Belle épreuve, marges.

SANCHEZ (A.)

202 — Le Joueur de Guitare; d'après Meyer.

Épreuve d'artiste sur parchemin.

SPORTS (Pièces sur les)

203 — A Hunting pièce; gravé par D. Lerpinière, d'après Wooton.

Très belle épreuve, marges.

204 — Chasse à l'oiseau. — Chasse au sanglier; deux pièces faisant pendants, par C. Le Vasseur, d'après Van der Meer.

Belles épreuves, grandes marges.

205 — Sujets de chasse, gravés au pointillés, d'après Morland; suite de dix pièces.

Très belles épreuves imprimées en bistre, toutes marges.

206 — Le Retour du Marché. — Suites de chevaux, gravés par Levachez d'après C. Vernet; dix pièces.

SUYDERHOFF

207 — Bacchus ivre; d'après P.-P. Rubens.

Belle épreuve, marges.

TARDIEU (P.-F.)

208 — Char de la Ville. — Char de Cérès; deux pièces, d'après Blondel.
Belles épreuves avec marges.

TOWNLEY (Charles)

209 — *Deering* (Mrs Jenny), d'après P. Lély; in-folio à la manière noire.
Très belle épreuve, marges.

TROY (d'après de)

210 — Bethzabée au bain.
Très belle épreuve avant toute lettre, marges.

VANLOO (d'après C.)

211 — La Baigneuse, par Romanet.
Belle épreuve, avant la lettre, marges.

VERNET (d'après J.)

212 — La Grecque sortant du bain. — Le Turc qui regarde pêcher; deux pièces faisant pendants, par J. Daullé.
Très belles épreuves à toutes marges.

VIDAL

213 — Aux mânes de J.-J. Rousseau; d'après Monnet.
Belle épreuve, marges.

VUES D'OPTIQUES

214 — Paris, Versailles, Chantilly; treize pièces.
Epreuves coloriées.

215 — Vues de France et de l'Etranger; soixante-quinze pièces.
Epreuves coloriées.

WATSON (James)

216 — *Laud* (Archbishop), d'après Van Dyck; in-folio à la manière noire.
Belle épreuve, marges.

217 — *Walpole* (Sir Robert), d'après Vanloo; in-folio à la manière noire.
Très belle épreuve, grandes marges.

218 — Rubens and Family, d'après Jordaens; in-folio à la manière noire.
Très belle épreuve, marges.

WATTEAU (d'après Ant.)

219 — *Rebel* (J.-B.); par Moyreau.

Très belle épreuve, à toute marge.

220 — Quoi ! pas même la main ? par Fessard.

Belle épreuve, marges.

WATTEAU (attribué à Ant.)

221 — Le petit Sabotier, âgé de cinq ans et demi, dansant l'entrée de Pierrot.

Belle épreuve, petites marges.

WILLETTE

222 — Allégories; deux pièces gravées sur bois.

Epreuves d'artistes sur papier de chine volant.

DESSINS

223 — **Anonyme**. Seigneur en costume du XVIe siècle, en pied; aquarelle.

224 — **Auvrest**. Frédéric, roi de Prusse. — Louis XVI. — Le maréchal de Saxe; trois portraits à la plume, signés.

225 — **Bayard**. (E.) Étude, crayon noir sur papier bleu.

226 — **Cavaro**. (Richard) Portrait d'une reine, mine de plomb, rehaussé de gouache.

227 — **Choffard**. (Attribué à P. P.) Vignette, cul-de-lampe, allégorie sur la Révolution française, plume et lavis de bistre.

228 — — Cartouche orné de lions et de trophées, mine de plomb.

229 — **D. D.** A l'Alhambra, en-tête, aquarelle signée du monogramme.

230 — **Dagneau.** Église au bord d'une rivière, mine de plomb.

231 — **Delaunay.** Jardin du Trocadero, aquarelle signée, 1881.

231 *bis.* — **Divers.** Études de fleurs, paysages, portraits, marines, etc. ; soixante pièces à l'aquarelle faites vers la fin du XVIIIe siècle.

232 — — Environ quarante dessins anciens et modernes. Paysages, allégories, motifs d'ornements, etc.

233 — **Doré.** (Gustave) Vignette pour illustration, mine de plomb.

234 — **Dumont.** (H.) Lettre ornée et entourage de page, plume et lavis d'encre de Chine, signé.

235 — **Durer.** (Attribué à Albert) Études d'animaux; à la plume.

236 — — Scène biblique, à la plume.

237 — — Un fossoyeur, allégorie; à la plume.

238 — **École ancienne.** Douze dessins, par ou d'après Bassano, Landseer, Both, A. Carrache, Rembrandt, Parrocel, etc.

239 — **Ecole française du XVIIIe siècle.** Console, cheminée, deux dessins, plume et aquarelle.

240 — — La Tragédie, pastel.

241 — — Huit dessins, par ou d'après Drouais, H. Rigaud, Saint-Aubin, Boucher, etc.

242 — **École française du XIXe siècle.** Composition pour un almanach, 1873, plume et aquarelle.

243 — — Dix dessins à la mine de plomb et à l'aquarelle.

244 — — Quatorze dessins, par ou d'après L. Ottin, Lelièvre, Raffet, Constantin, Bourgoin et autres.

245 — **École italienne du XVIIe siècle.** Faune dansant sur une outre, composition à trois personnages, plume et lavis de sépia.

246 — **Eisen.** (Attribué à Ch.) Croquis, quatre sujets sur une feuille, plume et lavis d'encre de Chine.

247 — — Etudes de différents caractères ; quatre dessins à la mine de plomb.

248 — **Everdingen.** (A. Van) Paysages ; deux dessins à la sépia.

249 — **Gorguet.** (Aug. Fr.) Réconciliation, encre de Chine, signé.

250 — **Goyen.** (Attribué à Van) Paysage de Hollande, aquarelle.

251 — **Grenier.** Le Roi d'Yvetot ; vignette pour les chansons de Béranger, à la sépia.

252 — **Greuze.** (Attribué à) Tête de jeune femme, crayon noir rehaussé de blanc.

253 — **Harriet.** Jupiter et Vénus, jolie composition, plume et lavis d'encre de Chine.

254 — **Helst.** (B. Van der) Tête de jeune homme, crayon noir sur papier bleu.

255 — **Huet.** (D'après J.-B.) Tête de jeune fille, crayon noir.

256 — **Jacque.** (Attribué à Ch.) Etudes d'animaux, croquis à la mine de plomb et aquarelle.

257 — **Jollain.** (P.) Psyché et l'Amour, à la plume, signé et daté, 1757.

258 — **Jongkind.** Paysans ; deux dessins à la plume, signés.

259 — **Kappeller.** Réunion de Chasseurs, crayon noir, signé et daté 1797.

260 — **Kottmann.** L'Acropole d'Athènes, aquarelle.

261 — — Vues des monuments de Grèce, trois pièces, aquarelles.

262 — **Lagrenée** (attribué à). Allégories, deux pièces, aquarelles.

263 — **Lairesse** (Gérard de). Le roi David, vignette in-8°, plume et encre de Chine.

264 — **Lairesse** (attribué à Gérard de). Scène de l'histoire Romaine, plume et sépia.

265 — **Lapierre**. Cyclistes. — Scène de mœurs, deux pièces, plume et aquarelle.

266 — **Le Brun** (attribué à Mme Vigée). Tête de jeune femme, aux trois crayons.

267 — **Le Clerc.** Jeune fille tenant un oiseau, aux crayons de couleur.

268 — **Lemoine** (attribué à). Groupe d'Amour, aux crayons de couleur.

269 — **Lix** (F.). Volonté nationale, allégorie, à l'encre de Chine.

270 — **Moucheron** (Isaac). Ruines Romaines, plume et lavis d'encre de Chine.

271 — **Moreau** (attribué à L.). Paysage, gouache.

272 — **Nehlié** (V.). Allégorie, plume et aquarelle, signé.

273 — **Orley** (R. van). L'Enlèvement des Sabines, en forme de frise, crayon noir rehaussé de gouache.

274 — **Pille** (Attribué à H.). Un Duel sous Henri III. encre de Chine, rehaussé de gouache.

275 — **Rajon**. Les Italiennes, mine de plomb et lavis de bistre.

276 — — Jeune femme à mi-corps, lavis de sepia.

277 — **Regnault** (N.-Fr.). La Vie de l'homme, allégorie; crayon noir, signé du monogramme « On y a joint la gravure ».

278 — **Rosa** (Attribué à Salvator). Guerriers combattant, plume et encre de Chine.

279 — **Rosselli** (Matteo). Moine en pied, étude; sanguine.

280 — **S. R.** Une Explication, mine de plomb et encre de Chine.

281 — **Saint-Aubin** (Attribué à Aug. de). Jeune enfant tenant une bouteille, crayon noir et sanguine.

282 — **Saint-Victor.** Fleurs, papillons et oiseaux, cinq pièces; aquarelles.

283 — **Tiepolo** (G.-D.). L'Offrande, à la sepia.

284 — — Sujets religieux, deux compositions en forme de frise, sur la même feuille; plume et sanguine.

285 — **Velde** (Attribué à Van de). Étude de Vache, sanguine.

286 — **Verdier** (Attribué à). Le Jugement de Salomon, plume et lavis d'encre de Chine.

287 — **Vidal** (Pierre). Une Loge de théâtre sous le Directoire, plume et lavis d'encre de Chine, signé.

288 — **Viger** (N.). Composition à quatre personnages; mine de plomb, signé.

Paris. — Imprimerie PAIRAULT et Cie, 3, passage Nollet (3375).

www.ingramcontent.com/pod-product-compliance
Ingram Content Group UK Ltd.
Pitfield, Milton Keynes, MK11 3LW, UK
UKHW021027260726
13994UKWH00005B/2004

9 782329 391618